Merci à Elisabeth Delange de m'avoir guidée sur les traces d'Aménophis III,

de façon lumineuse et chaleureuse. Merci à Claire Blandin pour son œil amical

et rigoureux et à Marie Lionnard pour son efficacité tonique.

Merci à Elisabeth David pour la précision de ses hiéroglyphes.

Merci à Thomas Gravemaker, Françoise Le Saout, Anne de Margerie, Guénola de Metz,

Patrick et Roland de la Morvonnais, Rémi Perrin, Geneviève Pierrat et Progenia.

Illustration : Isabelle Schricke

Maquette : Vanja Larbrisseau

MARIE SELLIER

III, PHARAON

Pour Jean, Julien, Baptiste, Pierre et Dora

Réunion
des Musées
Nationaux

IL ÉTAIT UNE FOIS...

Il était une fois,
il y a longtemps, très longtemps,
un grand roi, en Égypte lointaine.
Aménophis III était son nom.

Un visage rond
comme celui d'un enfant,
des lèvres charnues,
de beaux yeux en amande...
Ce jeune homme au sourire rêveur
fut, il y a plus de trois mille ans,
le maître tout-puissant de l'Égypte.

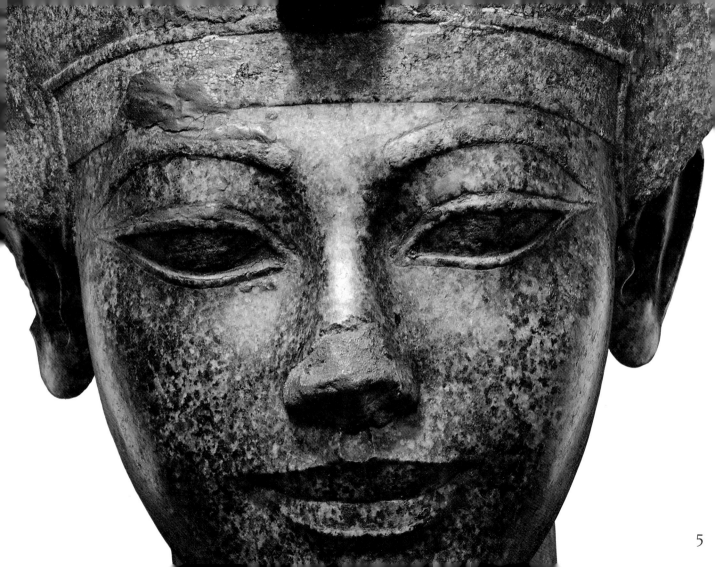

UNE VIE QUI RESSEMBLE À UN PUZZLE

Il y a plus de trois mille ans...
L'histoire d'Aménophis III
est si ancienne qu'elle nous est parvenue
par morceaux.
Cette histoire de milliers d'années,
il a fallu la déchiffrer
et la reconstruire patiemment,
de temples en statues,
de statues en peintures,
de peintures en objets.
Elle ressemble à un puzzle.
Un puzzle incomplet.
Les égyptologues ont parfois mis
très longtemps pour arriver à assembler
deux ou trois pièces de ce puzzle.
En avançant à petits pas,
souvent par tâtonnements,
ils ont réussi à reconstituer
l'histoire suivante...

UN ENFANT

Aménophis III naît aux alentours de l'an 1400 avant Jésus-Christ. Il est le fils du pharaon Thoutmosis IV et de l'une de ses femmes, Moutemouia. Son prénom, «Aménophis», est glorieux. Il signifie «Amon est satisfait». Amon... le très puissant dieu du soleil, véritable roi des dieux égyptiens ! Un pharaon n'est pas un homme comme les autres. Il est le fils des dieux sur terre. Aussi, une fois monté sur le trône, Aménophis III s'invente-t-il une naissanc de légende. C'est le dieu Amon qui a pris l'apparence de Thoutmosis IV, son père, pour le concevoir.

DE LÉGENDE

Khnoum façonne
Aménophis III
sous l'œil attentif
de la déesse Hathor.
Le deuxième enfant
représente le « ka »
du jeune pharaon,
c'est-à-dire l'ensemble
de ses forces de vie.

Le jeune Aménophis a ensuite été modelé
par celui qui crée toute vie, Khnoum,
le dieu à tête de bélier... sur un tour de potier,
comme une précieuse poterie !

9

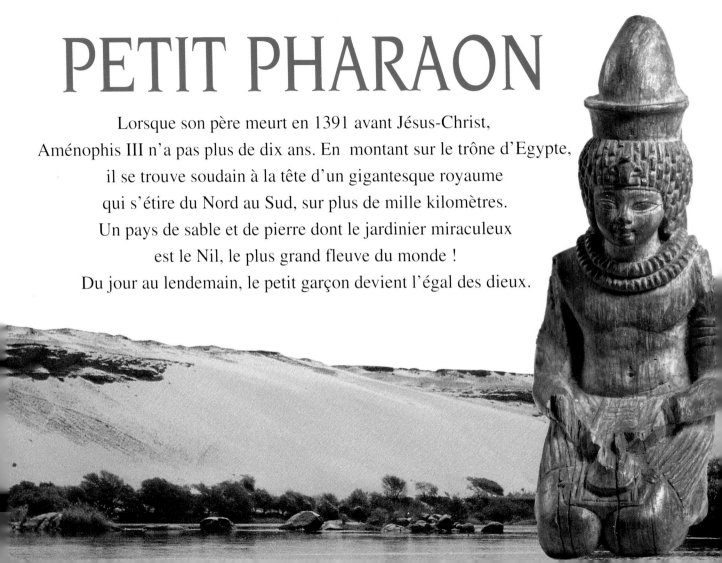

PETIT PHARAON

Lorsque son père meurt en 1391 avant Jésus-Christ,
Aménophis III n'a pas plus de dix ans. En montant sur le trône d'Egypte,
il se trouve soudain à la tête d'un gigantesque royaume
qui s'étire du Nord au Sud, sur plus de mille kilomètres.
Un pays de sable et de pierre dont le jardinier miraculeux
est le Nil, le plus grand fleuve du monde !
Du jour au lendemain, le petit garçon devient l'égal des dieux.

Cette tablette en faïence porte quelques-uns des noms d'Aménophis III, écrits en hiéroglyphes.

Pour que nul ne l'ignore, il se fait désormais appeler Nebmaâtré.

C'est un nom divin. Il signifie : « Je suis Ré, le Seigneur de Maât ». Ré est le dieu du soleil, souvent associé à Amon sous le nom d'Amon-Ré. Maât est la très gracieuse déesse de l'harmonie dont la coiffure s'orne d'une plume d'autruche.

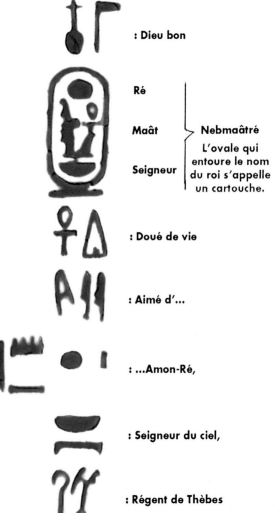

: Dieu bon

Ré

Maât

Seigneur

Nebmaâtré
L'ovale qui entoure le nom du roi s'appelle un cartouche.

: Doué de vie

: Aimé d'...

: ...Amon-Ré,

: Seigneur du ciel,

: Régent de Thèbes

11

UN
SOLEIL
VIVANT

Aménophis III a plusieurs surnoms magnifiques
Tantôt il est 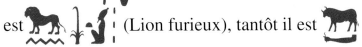 (Seigneur de la joie), tantôt il
est 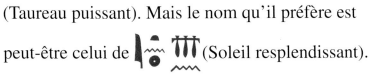 (Lion furieux), tantôt il est
(Taureau puissant). Mais le nom qu'il préfère est
peut-être celui de (Soleil resplendissant).
Il est le Pharaon-Soleil.

**La petite barbe tressée qui pointe
au menton de Pharaon est une fausse barbe.**

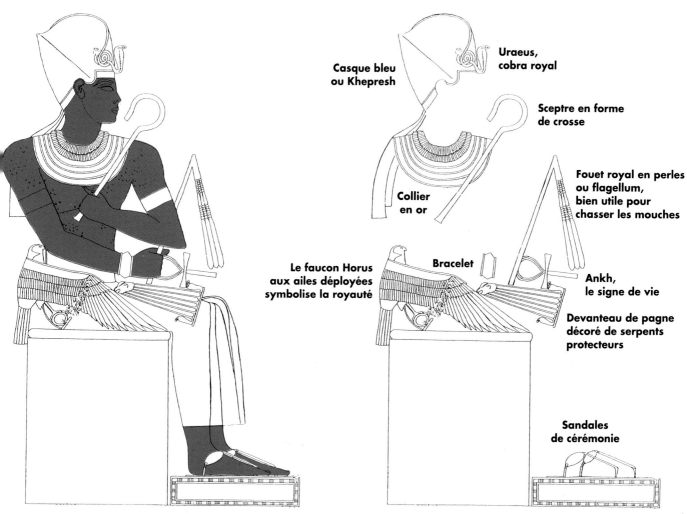

Casque bleu
ou Khepresh

Uraeus,
cobra royal

Sceptre en forme
de crosse

Collier
en or

Fouet royal en perles
ou flagellum,
bien utile pour
chasser les mouches

Le faucon Horus
aux ailes déployées
symbolise la royauté

Bracelet

Ankh,
le signe de vie

Devanteau de pagne
décoré de serpents
protecteurs

Sandales
de cérémonie

13

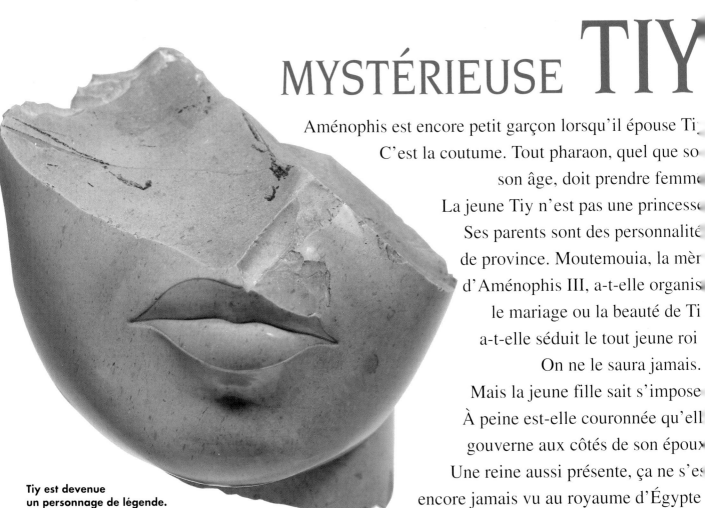

MYSTÉRIEUSE TIY

Aménophis est encore petit garçon lorsqu'il épouse Ti
C'est la coutume. Tout pharaon, quel que so
son âge, doit prendre femm
La jeune Tiy n'est pas une princess
Ses parents sont des personnalité
de province. Moutemouia, la mèr
d'Aménophis III, a-t-elle organis
le mariage ou la beauté de Ti
a-t-elle séduit le tout jeune roi
On ne le saura jamais.
Mais la jeune fille sait s'impose
À peine est-elle couronnée qu'ell
gouverne aux côtés de son époux
Une reine aussi présente, ça ne s'es
encore jamais vu au royaume d'Égypte

**Tiy est devenue
un personnage de légende.**

14

Ce pot à pommade appartenait
à Tiy. Son nom figure
dans un cartouche à côté de
celui d'Aménophis III.

Le cartouche de Tiy est très
reconnaissable au hiéroglyphe
représentant une femme
portant un flagellum, le fouet royal.

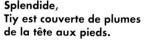

Splendide,
Tiy est couverte de plumes
de la tête aux pieds.

LES SCARABÉES

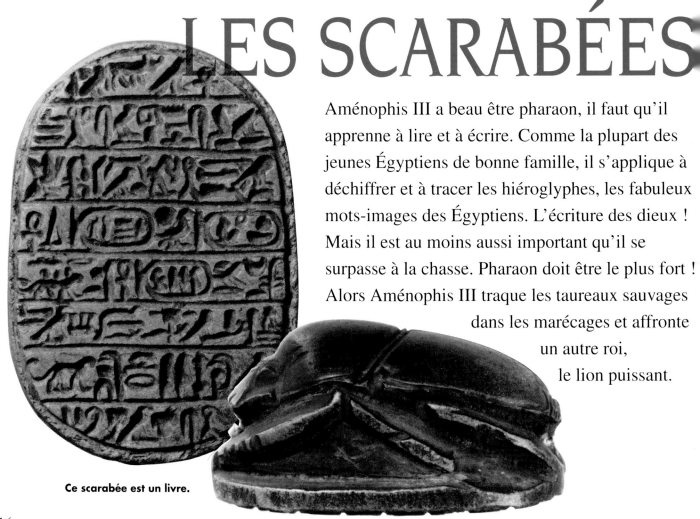

Aménophis III a beau être pharaon, il faut qu'il apprenne à lire et à écrire. Comme la plupart des jeunes Égyptiens de bonne famille, il s'applique à déchiffrer et à tracer les hiéroglyphes, les fabuleux mots-images des Égyptiens. L'écriture des dieux ! Mais il est au moins aussi important qu'il se surpasse à la chasse. Pharaon doit être le plus fort ! Alors Aménophis III traque les taureaux sauvages dans les marécages et affronte un autre roi, le lion puissant.

Ce scarabée est un livre.

RACNTENT

Récit d'une chasse aux lions...
Les hiéroglyphes se lisent de droite à gauche.
La traduction est la suivante :
« Entre l'année du couronnement et la dixième
année du règne : cent deux lions féroces. »

Il est si fier de ses exploits qu'il les fait graver sur le ventre de gros scarabées de pierre. On connaît aujourd'hui le tableau de chasse du jeune roi. Au cours des dix premières années de son règne, il tue cent deux lions et quatre-vingt-seize taureaux. Joli palmarès !

AMI
DES ROIS VOISINS

Aménophis III entretient de bonnes relations avec ses voisins, rois et princes étrangers.

C'est sans doute le premier pharaon diplomate. Au début de son règne, il entreprend une courte guerre contre la Nubie. Il la gagne et annexe le pays aux innombrables mines d'or. Il ne cherchera plus à étendre son territoire. Ce qu'il souhaite, c'est l'harmonie avec ses voisins. Aussi échange-t-il avec eux lettres et cadeaux. Et pas n'importe quels cadeaux ! Pharaon expédie des objets précieux, souvent en or, puisque l'Égypte n'en manque pas.

Les lettres de l'époque sont de grosses tablettes d'argile couvertes de caractères. Celle-ci est adressée au roi de Babylone.

En retour, il n'est pas rare que les rois
étrangers offrent leurs filles. Elles viennent
s'installer dans le grand harem
royal, avec leurs suivantes.
Ainsi voit-on arriver en
Égypte la fille du lointain
roi de Mitanni et ses trois cents
dames de compagnie.

**On sait
qu'Aménophis III
a offert une statue
de ce genre à
un roi étranger.**

DES STATUES DE

Parce qu'il est le roi des rois, Aménophis III fait édifier, aux quatre coins de son royaume, des géants de pierre à son image. On en a retrouvé plus de mille. Pour les Égyptiens, les statues sont réellement habitées par ceux qu'elles représentent. Grâce à elles, Pharaon est partout présent !

La plus grande de ces statues devait mesurer dix-huit mètres de haut. Dix-huit mètres ! C'est à peu près la hauteur d'un immeuble de six étages ! Il n'en reste malheureusement plus aujourd'hui que deux pieds... immense

GÉANT

Si elles étaient mises côte à côte,
les statues d'Aménophis III
formeraient une véritable forêt.

Sur ce peigne en bois d'acacia, un bouquetin agenouillé.

Cuillère sacrée

UN HOMME

Les statues immenses donnent une image lointaine et figée d'Aménophis III. Ses objets familiers le montrent sous un jour aimable. Pharaon est un homme raffiné. Il aime les beaux objets de toilette, les peignes ouvragés, les pots décorés. Sa table est couverte de la vaisselle la plus recherchée, il porte les bijoux ciselés dans l'or le plus fin.

Il entretient à côté de son palais de Thèbes, une véritable ruche bourdonnante des meilleurs artistes d'Égypte. On y travaille sans relâche la terre et le bois, le verre et la faïence, l'or et l'argent

22

RAFFINÉ

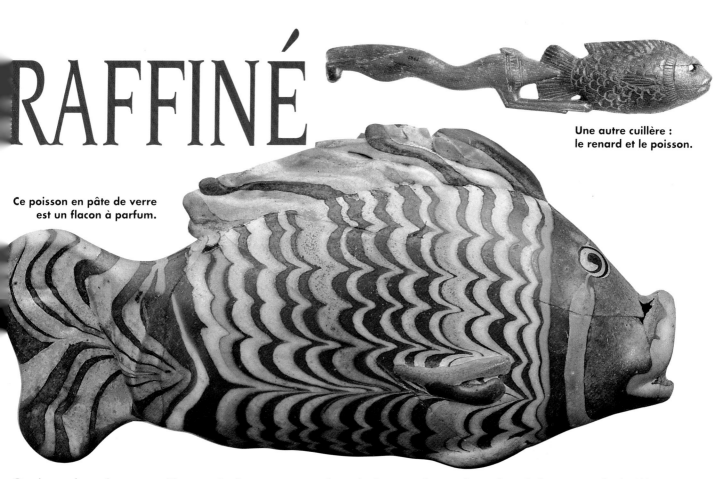

Une autre cuillère :
le renard et le poisson.

Ce poisson en pâte de verre
est un flacon à parfum.

On imagine de nouvelles techniques pour obtenir les couleurs les plus éclatantes, le brillant le plus durable. Pour le plaisir de Pharaon et de ceux, nombreux, qui recevront ses présents.

23

DES ANIMAUX ADORÉS

Depuis longtemps les Égyptiens donnent à leurs dieux une forme animale. Aménophis, lui, voit grand ! Les temples et leurs abords se peuplent de sphinx majestueux. De gigantesques femmes-lionnes rendent hommage à Sekhmet, grande gardienne du royaume.

À l'ombre des colonnes, les lions de pierre semblent si vivants qu'on s'attend presque à les voir remuer la queue.

Sekhmet repousse les forces du mal. En elle, Pharaon puise sa force. Dans la ville royale de Thèbes, on a retrouvé plus de sept cents statues de la déesse-lionne.

e dieu babouin Thot semble veiller sur le scribe Nebmertouf. scribes sont les savants du royaume. Ils savent lire et écrire plus e sept cents hiéroglyphes différents.

De grands babouins sont sculptés à l'image de Thot, dieu des scribes. On voit même apparaître des créatures jusqu'alors inconnues, hommes ou sphinx à tête et queue de crocodile!

Ce sphinx-crocodile est toujours en Égypte, à demi enfoui dans la terre.

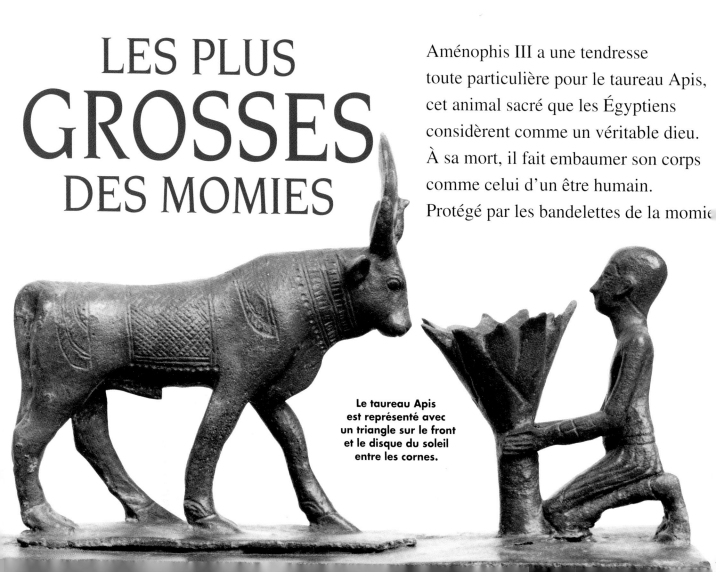

LES PLUS GROSSES DES MOMIES

Aménophis III a une tendresse toute particulière pour le taureau Apis, cet animal sacré que les Égyptiens considèrent comme un véritable dieu. À sa mort, il fait embaumer son corps comme celui d'un être humain. Protégé par les bandelettes de la momie

Le taureau Apis est représenté avec un triangle sur le front et le disque du soleil entre les cornes.

le corps est parfaitement conservé et l'âme peut y vivre éternellement dans l'au-delà. Pour accueillir les imposants sarcophages, les cercueils de pierre qui protègent les énormes momies des taureaux sacrés, Pharaon fait constuire un cimetière souterrain. Ce lieu étonnant s'appelle le Sérapéum. Aménophis III lui accorde tant d'importance qu'il demande à son propre fils, Thoutmosis, d'en être le grand prêtre.

Ce grand vase au couvercle en forme de tête est appelé un vase canope. Il contient les viscères du taureau sacré.

orsqu'un taureau Apis meurt, les prêtres lui cherchent un remplaçant. Il est choisi en fonction de signes particuliers.

THÈBES, VILLE-PHARE

LE

CARRIÈRES
DE PIERRE

TOMBE D'
AMÉNOPHIS III

THÈBES

NUBIE

LOUXOR

KARNAK

OR

AMON

MER ROUGE

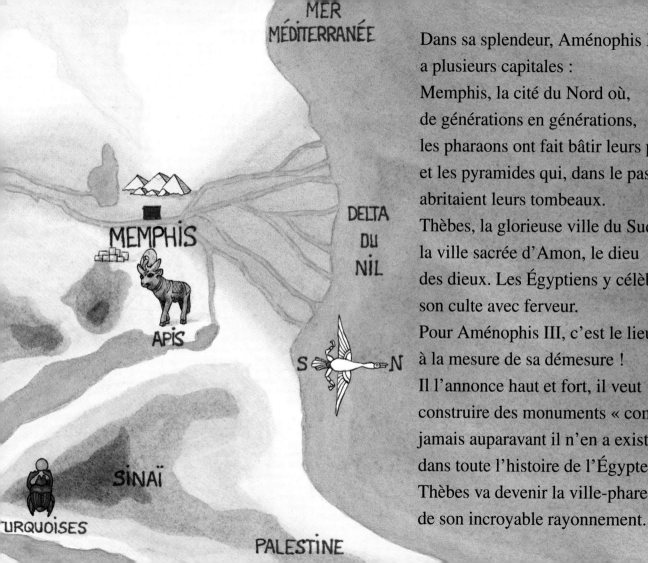

MER
MÉDITERRANÉE

MEMPHIS

APIS

DELTA
DU
NIL

S — N

SINAÏ

URQUOISES

PALESTINE

Dans sa splendeur, Aménophis III
a plusieurs capitales :
Memphis, la cité du Nord où,
de générations en générations,
les pharaons ont fait bâtir leurs palais
et les pyramides qui, dans le passé,
abritaient leurs tombeaux.
Thèbes, la glorieuse ville du Sud,
la ville sacrée d'Amon, le dieu
des dieux. Les Égyptiens y célèbrent
son culte avec ferveur.
Pour Aménophis III, c'est le lieu rêvé,
à la mesure de sa démesure !
Il l'annonce haut et fort, il veut
construire des monuments « comme
jamais auparavant il n'en a existé,
dans toute l'histoire de l'Égypte ».
Thèbes va devenir la ville-phare
de son incroyable rayonnement.

LES FOLIES DE PHARAON

À Thèbes, rien n'est assez grand pour Pharaon.
Il arrache au désert un palais dont la beauté
éclipse les pyramides de ses ancêtres.
Il offre à Amon, son dieu, le temple de Louxor
avec sa forêt de colonnes qui partent
à l'assaut du soleil. Il imagine une cour solaire
où ombre et lumière jouent à cache-cache
avec les colonnes.
À Karnak, il fait élever une porte gigantesque.
« Entièrement revêtue d'or et couverte
de lapis-lazuli, elle est incrustée d'innombrables
pierres précieuses… »

**A Karnak, l'allée bordée
de grands sphinx à tête de bélier.**

Temple de Louxor.
Les colonnes, parfois hautes
de plus de vingt mètres,
étaient souvent peintes
de couleurs vives.

t c'est une allée de plus
e deux kilomètres et demi,
ordée de sphinx
tête de bélier, qui relie
s deux temples.

UN TEMPLE
FANTÔME

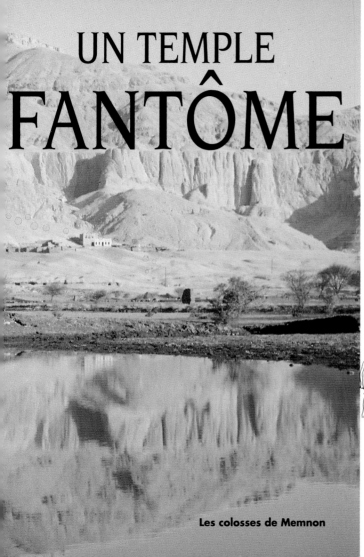

Les colosses de Memnon

Parce qu'il croit à une vie éternelle, plus éclatante encore que son existence sur terre, Aménophis III se fait construire un temple de « millions d'années ».
Il se reflète dans les eaux bienfaisantes du Nil lorsqu'il est en crue. Ses chambres innombrables sont habitées de statues sculptées dans les roches les plus rares. Aujourd'hui, ce temple a disparu... temple fantôme ! Il ne reste que les colosses de Memnon, deux statues gigantesques d'Aménophis III.

Combien d'hommes, ouvriers et soldats, ont tiré, hissé, poussé pour que le Pharaon-Soleil domine à jamais les eaux vertes du Nil ?

33

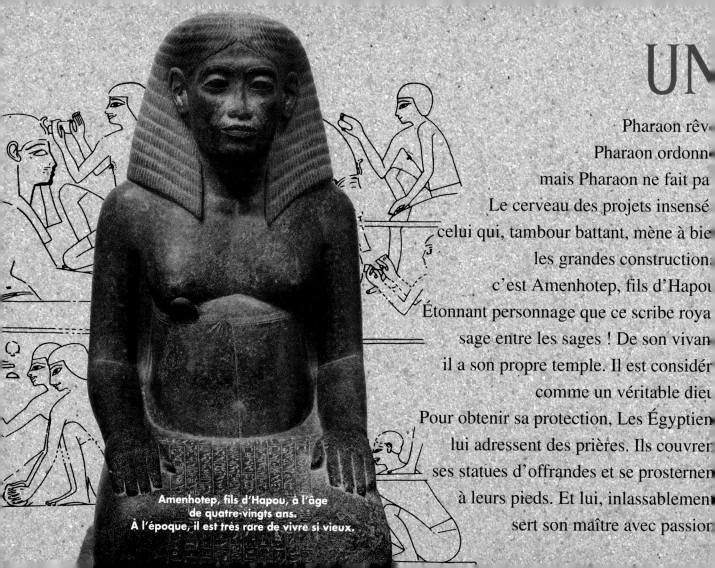

UN

Pharaon rêv
Pharaon ordonn
mais Pharaon ne fait pa
Le cerveau des projets insensé
celui qui, tambour battant, mène à bie
les grandes construction.
c'est Amenhotep, fils d'Hapou
Étonnant personnage que ce scribe roya
sage entre les sages ! De son vivan
il a son propre temple. Il est considér
comme un véritable dieu
Pour obtenir sa protection, Les Égyptien
lui adressent des prières. Ils couvrer
ses statues d'offrandes et se prosternen
à leurs pieds. Et lui, inlassablemen
sert son maître avec passion

Amenhotep, fils d'Hapou, à l'âge
de quatre-vingts ans.
À l'époque, il est très rare de vivre si vieux.

ARCHITECTE
GÉNIAL

UNE REINE BIEN-AIMÉE

Aménophis III a de nombreuses femmes dans son harem, mais Tiy demeure très aimée. C'est la grande épouse royale. Sur les statues et les objets, son nom est à jamais uni à celui d'Aménophis III. Un texte en hiéroglyphes, gravé sur le ventre d'un scarabée de pierre, nous apprend que, pour sa reine, Aménophis II crée un lac artificiel de soixante hectares en seize jours. Un record !

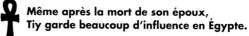

Même après la mort de son époux, Tiy garde beaucoup d'influence en Égypte.

Cette femme
au visage bruni
et sévère, c'est
la reine Tiy, âgée.

Des cornes de vache,
un disque solaire
sur la tête... Tiy,
en déesse Hathor.

Il lui offre un temple dans lequel
elle est adorée sous la forme d'Hathor,
la puissante déesse de l'amour,
à tête de vache. Il accepte même qu'elle
soit représentée en sphinx, honneur jusqu'alors réservé au seul pharaon.
Et, très naturellement, les déesses égyptiennes se mettent à ressembler
à la reine... tout comme les dieux ressemblent à Pharaon !

37

L'ESPRIT DE

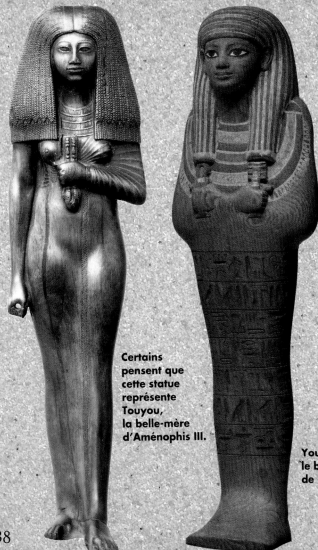

À Memphis comme à Thèbes, Aménophis III vit entouré de sa famille. Sa gloire rejaillit sur ses proches. Et ils sont nombreux ! Pharaon couvre de bienfaits Touyou et Youya, ses beaux-parents.

Certains pensent que cette statue représente Touyou, la belle-mère d'Aménophis III.

Youya, le beau-père de Pharaon

Tamit, la chatte préférée du jeune Thoutmosis

FAMILLE

Pour leur repos éternel, il fait creuser
un tombeau dans une vallée proche de Thèbes...
la Vallée des Rois. Il n'oublie pas Moutemouia,
sa mère, et ses propres enfants. Ses quatre
filles sont souvent représentées à ses côtés.
Elles sont reconnaissables à leur haute coiffe
ornée de feuillages.
Curieusement, les deux fils de Pharaon
n'apparaissent pas avec leurs parents. L'aîné,
Thoutmosis, ne survivra
pas à son père.
Le second, Aménophis IV,
deviendra le futur
pharaon Akhénaton.

**Aux pieds du couple royal, trois
des jeunes princesses, leurs filles.**

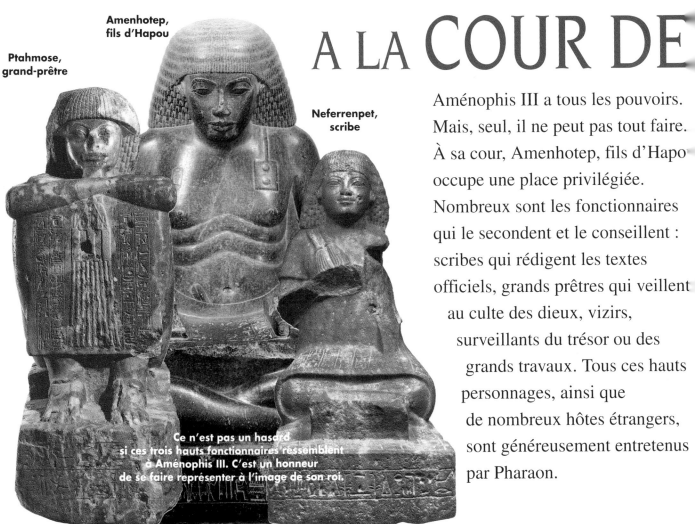

**Ptahmose,
grand-prêtre**

**Amenhotep,
fils d'Hapou**

**Neferrenpet,
scribe**

Ce n'est pas un hasard
si ces trois hauts fonctionnaires ressemblent
à Aménophis III. C'est un honneur
de se faire représenter à l'image de son roi.

A LA COUR DE

Aménophis III a tous les pouvoirs.
Mais, seul, il ne peut pas tout faire.
À sa cour, Amenhotep, fils d'Hapou
occupe une place privilégiée.
Nombreux sont les fonctionnaires
qui le secondent et le conseillent :
scribes qui rédigent les textes
officiels, grands prêtres qui veillent
au culte des dieux, vizirs,
surveillants du trésor ou des
grands travaux. Tous ces hauts
personnages, ainsi que
de nombreux hôtes étrangers,
sont généreusement entretenus
par Pharaon.

PHARAON

**Le trésorier Nebsen
et sa femme Nebetta**

Il les régale, les couvre de cadeaux et les associe
aux grandes fêtes de son règne. On a retrouvé la trace
de plus de deux cents de ces courtisans, grâce aux
inscriptions gravées sur les statues et les poteries.

En Égypte, les petits singes sont des animaux familiers.

LA PASSION DU

BLEU

Bleu profond des lapis-lazuli, bleu changeant des turquoises, bleu éclatant des faïences aussi précieuses que l'or... Aménophis a la passion du bleu, couleur royale par excellence !

On ne compte pas les objets, statuettes, poteries ou vaisselles qu'il commande de cette couleur. Tiy partage ses goûts, surtout lorsque le bleu se marie au jaune. Plus tard, à leur mort, la plupart de ces objets bleus qu'ils aimaient tant seront entreposés dans leur tombe. Ainsi, selon les croyances égyptiennes, ils peuvent en profiter éternellement dans le Royaume des morts. Trois mille ans après, ils n'ont rien perdu de leur éclat.

Bés, dieu-gnome, génie de la joie et de la fête.

Une joueuse de luth et son petit singe décorent le fond de cette coupe en faïence.

43

DES YEUX REDESSINÉS

L'œil en amande, très caractéristique
de la beauté égyptienne, est mis au goût du jou[r]
par Aménophis III qui aime à souligner ses yeu[x]
d'un trait de kohol. Cette poudre noire est
encore utilisée actuellement dans de nombreu[x]
pays désertiques. Elle protège l'œil de la lumiè[re]
forte et des impuretés. Les femmes du monde
entier s'en servent également pour se maquiller l[es]
yeux.

Le kohol ne fait-il pas briller le regard !

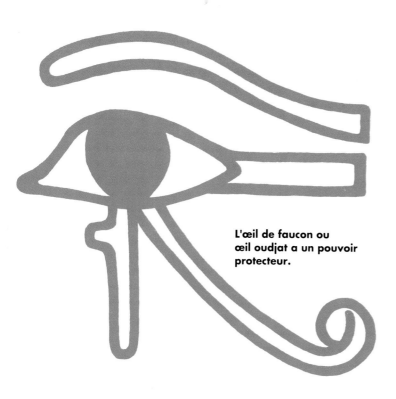

L'œil de faucon ou
œil oudjat a un pouvoir
protecteur.

Sous Aménophis III, son usage est très répandu.
On a retrouvé dans les tombes quantités de pots,
de flacons ou de tubes à kohol. Certains sont
si beaux et si finement travaillés qu'ils sont
de véritables œuvres d'art.

Pots à kohol en pâte
de verre et en faïence

DES FÊTES

Lorsqu'un pharaon a régné trente ans, il organise un festival grandiose. Le but de cette fête sans pareil est de renouveler ses forces, de rajeunir Pharaon vieillissant.

Aménophis III célèbre trois fois ce grand anniversaire en l'an 30, 34 et 37 de son règne.

À cette occasion, il commande des centaines de statues le représentant sous les traits d'un tout petit enfant.

Les puissants du royaume, les amis étrangers sont conviés à la fête. Les dieux le sont également... ou du moins, leurs statues de pierre. L'eau purificatrice jaillit des fontaines.

POUR RAJEUNIR

Les banquets se succèdent. On déguste les poissons
du Nil et les oies rôties. On échange des cadeaux.
On boit, on chante et on danse pour célébrer
la jeunesse retrouvée de Pharaon.

**De très jeunes filles
dansent en l'honneur
de Pharaon.**

Mourir, c'est commencer une autre vie. Ce passage est accompagné d'un cérémonial grandiose.

UN TOMBEAU CACHÉ

Les dieux n'y peuvent rien. Aménophis III meurt en 1364 avant Jésus-Christ, dans la trente-huitième année de son règne. Il a environ cinquante ans. Comme son père et son grand-père, il a tout prévu de son vivant. La falaise abrupte d'une montagne proche de Thèbes abrite son tombeau. Il y a longtemps que les pharaons ne se font plus enterrer sous des pyramides. Mais ce n'est probablement pas un hasard si le sommet de cette montagne a un petit air de pyramide !

C'est là, loin des regards,
que ses proches cachent les sarcophages
protégeant sa momie, les vases
sacrés contenant son foie, ses poumons,
son estomac et ses intestins, les statuettes
représentant ses serviteurs dans l'au-delà
et tous les objets nécessaires
à son autre vie dans le royaume d'Osiris,
le dieu des morts.

**Ce portrait d'Aménophis III provient de l'une
des salles peintes de son tombeau.**

49

PILLEURS

Aménophis III ne pouvait pas imaginer que la Vallée des Rois deviendrait l'aubaine de tous les brigands, chasseurs de trésors, et, plus tard, de collectionneurs peu scrupuleux. Sa tombe fut visitée, revisitée, mise à sac et vidée. Aujourd'hui, il n'en reste presque rien. Sa momie a été retrouvée, dans un tombeau voisin, en fort mauvais état

Cette figurine est un shaouabti, une statue funéraire représentant la momie d'Aménophis III.

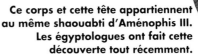

DE TOMBES

Quelques-unes de ses statuettes funéraires
ont été préservées. On a également
identifié le lourd couvercle en
granit rouge de son sarcophage de pierre...
brisé en mille morceaux !
Pourtant, les trésors contenus dans la tombe
d'Aménophis III n'avaient sans doute rien à envier
à ceux du jeune pharaon Toutankhamon retrouvés
intacts dans une tombe oubliée des voleurs.

**Sur ce fragment
de vase, Aménophis III
offre une statue
de la déesse Maât
au dieu Atum.**

51

DES SARC O PHAGES EN O R

Ce sarcophage est en bois recouvert de bitume et d'enduit doré. Sur ses côtés figurent des dieux.
Au milieu, on reconnaît Anubis, le dieu des embaumeurs, à tête de chacal.

Nout, la déesse du ciel

La richesse du sarcophage d'une simple
chanteuse du dieu Amon permet d'imaginer
la splendeur de ceux d'Aménophis III,
demeurés introuvables. À l'époque,
les Égyptiens aisés se font fréquemment
fabriquer plusieurs sarcophages à leur image.
Ils s'emboîtent les uns dans les autres
comme des poupées russes.
Certains sont en or ou en argent rehaussé
de pierreries. Rien n'est trop beau
pour protéger la fragile momie
qu'ils contiennent des attaques du temps !

Cette chanteuse du dieu Amon vivait à l'époque d'Aménophis III.

LES
TROUS
DU PUZZLE

On ne sait pas tout d'Aménophis III. On ne saura jamais tout. Le temps a englouti dans ses sables mouvants des pans entiers de son histoire. Les questions restent. Nombreuses. Comment vivait-on dans le splendide palais de Thèbes ? Toutankhamon était-il un fils ou un petit-fils d'Aménophis III ? Dans l'état actuel des connaissances, on ne peut dissiper le halo de mystère qui entoure toujours le lointain maître de l'Égypte. Mais il est possible que certaines questions trouvent un jour leurs réponses dans les trésors encore enfouis en terre d'Égypte.

ILLUSTRATIONS ET CREDITS PHOTOGRAPHIQUES

(Liste établie de gauche à droite, par double page)

Tout ce qui est écrit en rouge peut être vu dans les salles égyptiennes du musée du Louvre à Paris.

Couverture : Tête en granodiorite, Cleveland, Cleveland Museum of Art - Bas-relief peint (détail), Cleveland, Cleveland Museum of Art.

pages 4-5 : Bas-relief peint (détail), Cleveland, Cleveland Museum of Art - Tête en granodiorite, Cleveland, Cleveland Museum of Art.

pages 6-7 : Tête colossale en pierre, Thèbes, photo coll. part.

pages 8-9 : Tête en verre bleu, Lisbonne, Museu Calouste Gulbenkian - Relevé d'un bas-relief, Louxor.

pages 10-11 : Photo E. David, coll. part. - Statuette en stéatite, Boston, Museum of Fine Arts - Tablette en faïence, Paris, musée du Louvre, photo R.M.N.

pages 12-13 : Bas-relief, Louxor, Thèbes - Hiéroglyphes E. David - Dessins d'après

Epigraphic Survey, «Kheruef», pl. 47.

pages 14-15 : Fragment de visage en jaspe jaune, New York, Metropolitan Museum of Art - Fragment de statue en stéatite, Paris, musée du Louvre, photo R.M.N. - Pot à pommade en faïence, Paris, musée du Louvre, photo R.M.N.

pages 16-17 : Scarabées en pierre, Paris, musée du Louvre, photos R.M.N.

pages 18-19 : Tablette en argile, Londres, British Museum - Perle en faïence jaune, Paris, musée du Louvre, photo R.M.N. - Bague en or et lapis-lazuli, Paris, musée du Louvre, photo R.M.N. - Collier en faïence, Paris, musée du Louvre, photo R.M.N. - Statuette en bois, Grande-Bretagne, Durham University Oriental Museum.

pages 20-21 : Tête en quartzite, New York, Metropolitan Museum of Art - Statue en granodiorite, Paris, musée du Louvre, photo R.M.N. - Statue en diorite, New York, Metropolitan Museum of Art - Statue en quartzite, Karnak, Thèbes - Tête en stéatite,

Paris, musée du Louvre, photo R.M.N.

pages 22-23 : Peigne au bouquetin, Paris, musée du Louvre, photo R.M.N. - Cuillère en ivoire et ébène, Paris, musée du Louvre, photo R.M.N. - Flacon à parfum, Londres, British Museum - Cuillère en bois peint, Londres, Trustees of the British Museum.

pages 24-25 : Statue en pierre, temple de Mout, Karnak, Thèbes, photo coll. part. - Poids en bronze, Cleveland, Cleveland Museum of Art - Statue en schiste, Paris, musée du Louvre, photo R.M.N. - Sphinx-crocodile en quartzite, Thèbes, photo coll. part.

pages 26-27 : Taureau Apis, Paris, musée du Louvre, photo R.M.N - Vase canope, Paris, musée du Louvre, photo R.M.N. - Fresque (détail), Londres, British Museum.

pages 28-29 : Carte Isabelle Schricke.

pages 30-31 : Photos G. Pierrat, coll. part.

pages 32-33 : Photo R. de la Morvonnais, coll. part.

pages 34-35 : Statue en granodiorite, Le

...re, Musée égyptien - Photo G. Pierrat,
...l. part.

...ges 36-37 : Tête en bois, Berlin,
...yptisches Museum und Papyrus-
...mmlung, SMB - Contrepoids de collier en
...nze, Boston, Museum of Fine Arts.

...ges 38-39 : Colosses en pierre, Le Caire,
...sée égyptien - Bracelet en cornaline
...tail), New York, Metropolitan Museum of
...t - Sarcophage en calcaire (détail), Le
...ire, Musée égyptien - Statuette en bois,
...ris, musée du Louvre, photo R.M.N. -
...tuette en bois peint, New York,
...tropolitan Museum of Art.

...ges 40-41 : Statue en quartzite, Florence,
...seo Egizio - Statue en granodiorite, Le
...ire, Musée égyptien - Statue en quartzite,
...ris, musée du Louvre, photo R.M.N. -
...uple en calcaire peint, Brooklyn, Brooklyn
...seum. - Bas-relief (détail), Thèbes, photo
...l. part.

...ges 42-43 : Singe en faïence, Brooklyn,
...ooklyn Museum - Sphinx en faïence, New
...rk, Metropolitan Museum of Art -
...gurine en bleu égyptien, Berlin,
...yptisches Museum und
...pyrussammlung, SMB - Bol en faïence,

Leyde, Rijksmuseum van Oudheden - Bague
en faïence, Paris, musée du Louvre, photo
R.M.N.

pages 44-45 : Relief en calcaire, Berlin,
Ägyptisches Museum und
Papyrussammlung, SMB - Tube à kohol en
verre, Baltimore, Walters Art Galery - Tube à
kohol en verre, Londres, Trustees of the
British Museum - Tube à kohol en faïence,
Turin, Soprintendenza Museo Antichità
Egizie.

pages 46-47 : Bas-relief en calcaire peint
(détail), Cleveland, Cleveland Museum of
Art - Tête en quartzite, Cleveland, Cleveland
Museum of Art - Fresque (détail), Londres,

British Museum - Stèle en calcaire peint
(détail), Londres, Trustees of the British
Museum.

pages 48-49 : Papyrus funéraire, Paris,
musée du Louvre, photo R.M.N. - Fresque
(détail), photo Piankoff, F. Le Saout.

pages 50-51 : Serviteur funéraire en ébène,
New York, Metropolitan Museum of Art -
Statue de serviteur funéraire en granit noir,
Paris, musée du Louvre, photo coll. part. -
Fragment de vase en bleu égyptien, Turin,
Soprintendenza Museo Antichità Egizie.

pages 52-53 : Sarcophage en bois bitumé et
doré, Saint-Louis, Washington University
Gallery of Art.

pages 54-55 : Pieds d'un colosse en
quartzite, Thèbes, photo coll. part.

Toutes les photographies ont été obtenues des auteurs,
des propriétaires ou des conservateurs des œuvres.
Tous droits réservés.

Cet ouvrage a été achevé d'imprimer en février 1993
sur les presses de l'imprimerie Aubin à Ligugé
et les illustrations gravées par Sept offset.

Dépôt légal : février 1993
ISBN : 2-7118-2718-6
GE 00 2718

SOMMAIRE